Pour Tristan et Lucile
M.B.

Pour Julian, très désiré,
pour Léa, tout autant désirée,
et pour Andrée, ma sorcière bien-aimée
C.N.V.

© Kaléidoscope 2003
Loi numéro 49 956 du 16 juillet 1949 sur les publications
destinées à la jeunesse : septembre 2003
Dépôt légal : octobre 2008
ISBN 978-2-877-67393-8
Imprimé en Italie

Diffusion l'école des loisirs

www.editions-kaleidoscope.com

Christine Naumann-Villemin
Marianne Barcilon

Le tournoi des jaloux

kaléidoscope

Le prince Aimé et le prince Désiré passent
leurs journées à se disputer.
« J'en ai assez ! Aimé a pris le jouet que je voulais…
C'est pas juste ! »
« Désiré a eu une plus grosse glace que moi !
C'est lui le préféré ! »
« Ben lui, il a eu des bottes de chevalier, et pas moi ! »
« Mais Marraine lui a lu une histoire, et pas à moi ! »

« Ah ! Ça suffit, tonne la reine, cessez de vous chamailler.
Vous n'avez pas le même âge, ni le même caractère,
et nous vous aimons autant l'un que l'autre ! »
« C'est pas vrai ! » s'écrient les deux frères.

«En voilà assez, à la fin, tempête le roi. Je m'en vais faire quérir votre marraine, elle a toujours de bonnes idées…»

Celle-ci accourt sur-le-champ.
« Mes neveux adorés, seriez-vous jaloux ? !

Je propose que vous disputiez un tournoi. Le perdant sera celui qui, le premier, n'aura pas fait exactement la même chose que son frère au cours de la journée…»
« Moi, ça me va ! » s'exclame Désiré.
« C'est ce que je demande depuis toujours ! » renchérit Aimé.
« Alors, je déclare ouvert le "tournoi de jaloux". »
Les deux princes sont pressés de commencer.

«Aimé, ma petite Majesté, s'écrie la nourrice, il faut prendre votre bain ! Voici quelques jouets pour vous y amuser.»

« Et moi, et moi, je ne me baigne pas ? » demande Désiré.
« Bien sûr que si, répond la nounou. Vous devez faire
la même chose, telle est la règle du tournoi. Voici donc
un canard, un poisson en plastique et une pieuvre élastique. »

Ensuite, c'est l'heure de la leçon d'équitation.
« Désiré, Votre Altesse aînée, votre cheval est avancé »,
annonce le grand cavalier.

« Et moi, et moi, je n'y ai pas droit ? » bougonne Aimé aussitôt.
« Bien sûr que si, répond le grand cavalier. Vous devez faire comme votre frère, telle est la règle du tournoi.
Voici donc votre destrier. »

Le cours d'écriture vient maintenant de sonner.
« Prince Désiré, veuillez vous appliquer ! » le prie le précepteur.
Le petit prince Aimé fait mine de s'éloigner, mais le précepteur a tôt fait de le rattraper.

« Halte-là, petite Majesté, je me permets de vous rappeler les règles du tournoi ! »
« Pas de problème, gémit Aimé, je fais pareil. »

« Prince Aimé, mon cadet chéri, dit le roi,
c'est l'heure de la sieste. Je vais vous coucher. »
« Et moi, et moi, s'écrie Désiré, qui va s'occuper de moi ? »
« Ah mais ! mon fils premier-né, vous connaissez la règle
du tournoi. Vous aurez vous aussi une histoire,
une chanson, un doudou et des poutous tout partout. »

Le cousin Antoine arrive
peu après le réveil des princes.
« Sire Aimé, mon cousin, tu viens jouer ? »

Désiré fait mine de s'éloigner, mais la reine
a tôt fait de le rattraper.
« Halte-là, grande altesse, je vous signale
que le tournoi n'est pas terminé ! »
« Pas de problème, soupire Désiré, je fais pareil. »

Après le départ du cousin arrive le professeur de chevalerie.
« Prince Désiré, futur grand roi, votre leçon d'escrime
peut commencer. »
Le petit prince Aimé fait mine de s'éloigner, mais le professeur
a tôt fait de le rattraper.

« Halte-là, petit musclé, vous oubliez quelque chose, je crois ! »
« Pas de problème, gémit Aimé, je fais pareil. »

« Alors, mes neveux adorés, comment s'est déroulé ce tournoi ? » demande Marraine à la fin de la journée.
« Parfait, parfait », dit Désiré.
« Très bien, merci », dit Aimé.
« Mais c'est formidable ! Alors demain… ? »
« Demain ? heu, c'est que j'ai un truc à faire », marmonne Désiré.
« Demain ? heu, c'est que je suis très occupé », bafouille Aimé.

«Ah ! Vous m'en voyez ravie. Vous n'êtes donc plus jaloux ! s'écrie Marraine. Venez que je vous embrasse, mes trésors. »

« Hé ! Aimé a eu un plus gros bisou que moi ! »
« C'est pas vrai ! D'abord, toi,
t'en as eu plus que moi ! C'est pas juste ! »